Charmants, ces brigands !

Arnaud Alméras a la chance de vivre avec trois princesses : ses filles. Pour imaginer les aventures de Lili Barouf, il lui a donc suffi de les regarder vivre, puis d'inventer un dragonneau, une marraine-fée, un serviteur, un téléphone magique, un palais et une forêt enchantée. Ses romans sont publiés principalement chez Nathan et Bayard Jeunesse.

Du même auteur dans Bayard Poche :
Attention, voilà Simon ! (Les belles histoires)
Le match d'Alice - Les Farceurs - Minuit dans le marais - La grotte mystérieuse - Le bébé-roller (Mes premiers J'aime lire)
L'île aux pirates - Mystères et carabistouilles - Courage, Trouillard ! - Le lit voyageur - Timidino, le roi du pinceau (J'aime lire)

Frédéric Benaglia. A comme Antibes, la ville qui l'a vu naître. B comme Bac arts appliqués, son premier diplôme. C comme communication, domaine dans lequel il a commencé par travailler. D comme *D Lire*, le magazine dont il est directeur artistique. E comme édition, car d'Albin Michel à Tourbillon et de Nathan à Sarbacane, nombreuses sont les maisons qui publient ses travaux. On pourrait continuer comme ça tout le long de l'alphabet... mais si vous préférez, Frédéric peut aussi vous faire un dessin !

Du même illustrateur dans Bayard Poche :
Minouche et le lion - Les apprentis sorciers - La grotte mystérieuse - Le bébé-roller (Mes premiers J'aime lire)
Le concours - Alerte : Poule en panne ! (J'aime lire)

Charmants, ces brigands !

Une histoire écrite par Arnaud Alméras
illustrée par Frédéric Benaglia

mes premiers
j'aime lire

BAYARD POCHE

La Forêt Enchantée

La chambre de Lili

Le palais de hâteau-Dingue

— Et voilà, je n'ai plus qu'à enterrer mon trésor ! se réjouit la princesse Lili Barouf, en contemplant le contenu de son coffret.

Lili l'a rempli d'objets précieux : une bague, une photo d'elle, un beau dessin qu'elle a fait de son dragonneau, une lettre d'amour secrète et son ancien tamagotchi.

La princesse referme le couvercle et dit à son dragonneau :

– Tu vois, Ploc, un jour, dans mille ans peut-être, quelqu'un le trouvera… Ainsi, il saura comment était notre vie. Ce sera fantastique !

Trois minutes plus tard, Lili et Ploc apparaissent sur le perron du palais. Boris est en train d'ôter ses gants de jardinage :
— J'ai bien trrravaillé, aujourrrd'hui !

En effet, le fidèle serviteur a tondu la pelouse, taillé les massifs et enlevé les mauvaises herbes.

Depuis le perron, Lili balaie le jardin du regard :

– Où pourrais-je cacher mon trésor ? Ici, Boris risque de le déterrer avec tous ses outils…

Soudain, les yeux de la petite princesse se mettent à pétiller :

– Allons plutôt dans la Forêt Enchantée. Viens, mon Ploc !

Le dragonneau, pas très rassuré, secoue la tête.

– Je sais bien que c'est absolument interdit, lui dit Lili, mais ne t'inquiète pas, on n'ira pas loin !

Hop ! Lili saute par-dessus la barrière qui sépare le jardin de la Forêt Enchantée. Comme Ploc ne veut pas laisser la princesse toute seule, il la suit en traînant les pattes.

Après avoir fait quelques pas, Lili s'accroupit au pied d'un noisetier :

— C'est l'endroit idéal pour enterrer mon trésor !

Avec l'aide de Ploc, elle se met à creuser.

Soudain, au moment où la princesse s'apprête à déposer le coffret au fond du trou, deux énormes bras la soulèvent de terre.

— Hé ! crie Lili. Ça va pas la t...?

Avant qu'elle ait pu finir sa phrase, la princesse est jetée dans un grand sac.

Le pauvre Ploc, qui n'a jamais su cracher de feu, tente de la défendre en s'agrippant de toutes ses forces à la jambe du ravisseur.

– Je vais te calmer, vilaine bestiole ! grogne ce dernier d'une grosse voix.

Bing ! Le dragonneau reçoit un coup de gourdin, puis il rejoint la princesse au fond du sac.

Les brigands – car ce sont bien des brigands qui viennent d'enlever Lili ! – s'enfoncent dans la forêt en riant :

– Voilà une journée qui n'aura pas été perdue !

Au bout d'un long moment, les deux brigands s'arrêtent. Devant une masure délabrée, cachée au plus profond de la forêt, ils ouvrent le sac. Lili découvre alors ses ravisseurs : le premier est très maigre, et ses yeux luisent de cruauté ; le deuxième est un gros gaillard au regard particulièrement idiot. Il emmène le sac à l'intérieur de la cabane.

Au fond du sac, Lili glisse à l'oreille de son dragonneau :

— Ne t'en fais pas, Ploc, j'ai mon téléphone portable… Valentine va nous sortir de là !

La princesse attrape dans sa poche le téléphone que sa marraine-fée lui a offert à sa naissance.

Il suffirait que Lili appuie sur l'unique touche en forme d'étoile pour appeler Valentine...

Malheureusement, les brigands ne lui en laissent pas le temps.

Le premier brigand tire la princesse du sac, lui arrache le téléphone des mains et l'enferme dans une cage suspendue à une grosse poutre.

D'une voix acide, il s'adresse à son complice :

– Voyons le butin, Cradingue !

– D'accord, Cradoque. Pour commencer : une couronne en or !

Avec la clé qu'il porte autour du cou,
Cradingue ouvre un coffre immense dans
lequel il dépose la couronne.

Il fouille ensuite dans le coffret de Lili :
– Tu parles d'un trésor ! Un immonde
dessin de l'affreuse bestiole, une lettre
complètement ridicule et une bague
même pas en or…

Cradingue jette le coffret dans un coin et saisit le téléphone. Il le tourne dans tous les sens :

– Qu'est-ce que c'est que cette petite boîte ?

Cradoque hausse les épaules. Il sort d'un tiroir une plume, un parchemin et un encrier :

– On s'en fiche ! Le plus urgent, c'est d'écrire une demande de rançon.

Pendant ce temps, le gros brigand tire
Ploc hors du sac et le saucissonne avec une
corde :

— Moi, j'ai une faim de loup. Je me grille-
rais bien la bestiole à la broche !

Là, le sang de Lili ne fait qu'un tour. Elle s'agrippe aux barreaux de sa cage et crie :

– Non ! Vous ne pouvez pas rôtir mon dragonneau !

– Dragonneau… jambonneau, c'est du pareil au même !

– Kiii ! Kiii ! gémit Ploc.

Lili doit immédiatement trouver une solution ! Elle bredouille :

— Si vous le laissez tranquille, je… je vous montrerai un secret. La petite boîte, là, heu… elle est magique !

Cradoque s'approche de la cage :

— Quelle sorte de magie ? Elle peut rendre riche, par exemple ?

Vite, Lili essaie de trouver quelque chose à inventer. Elle regarde autour d'elle :

— Oh oui ! Elle peut, heu… changer ces pommes de terre en or !

Cradoque prend le portable des mains de son complice et il le tend à Lili :

– Tiens… Montre-nous.

Lili saisit le téléphone portable :

– D'abord, je dis : « Allô ! », improvise-t-elle.

– « Allô » ? s'étonne Cradingue. Qu'est-ce que ça veut dire ?

– C'est le début de la formule, et à la fin, vos pommes de terre seront changées en or.

Alors, la princesse se met à articuler à toute vitesse :

— Allô, Valentine ? C'est Lili ! Je crois que j'ai fait une bêtise.

— À qui parles-tu dans la petite boîte ? demandent les brigands ébahis.

Lili se recroqueville dans un coin de la cage et elle explique à sa marraine-fée :

— Je suis dans la Forêt Enchantée, prisonnière d'affreux brigands. Ils m'ont tout pris et ils veulent faire du mal à Ploc !

Cradoque se rue sur Lili et, à travers les barreaux, il tente de lui arracher le téléphone des mains :

— Quelle est cette sorcellerie, sale petite vermine ?

Au moment où le brigand parvient à s'em-
parer du téléphone, Valentine répond :
   – Rassure-toi, je vais t'aider, Lili chérie.
   La marraine-fée tourne trois fois sur elle-
même et prononce une formule magique :

Abracadabri-cadabra...
de charmants brigands que ces deux-là !
Mais lorsque la nuit tombera,
l'enchantement cessera.

À ces mots, un éclair traverse la cabane. Un crépitement d'étincelles enveloppe les brigands dont les visages s'illuminent brusquement.

Alors, avec un sourire timide, Cradoque ouvre la cage et tend son téléphone à Lili :

– Tiens, voilà la petite boîte que je t'ai prise.

Il ajoute en rougissant un peu :

– Dis, jolie princesse, tu veux bien être mon amie ?

– Nous, on sera tes amis pour toute la vie ! ajoute Cradingue la main sur le cœur.

Lili n'en croit pas ses yeux : les deux terreurs sont maintenant plus doux que des agneaux ! Elle bondit hors de sa prison :

– On va voir. Pour l'instant, je veux que vous libériez Ploc.

– Bien sûr, le pauvret ! J'espère que je n'avais pas trop serré ses liens…, s'excuse Cradingue.

L'énorme brigand colle Ploc contre son cœur :

– Pardonne-moi, petit dragounet si chou. Oh, j'ai tellement honte…

Ploc échappe au brigand tout penaud et court se réfugier auprès de Lili.

Cradingue s'incline :

– Voici ton coffret ainsi que ta couronne. Et maintenant…

Cradoque saisit la grosse clé qu'il porte autour du cou et la tend à Lili :

– … c'est de bon cœur que nous t'offrons notre trésor !

– C'est très gentil, mais je n'en ai pas besoin, j'ai déjà le mien ! dit Lili en serrant son coffret contre elle.

Cradoque tire une bourse pleine de pièces d'or de sous son matelas :

— J'ai aussi un petit magot secret que j'ai, héhé... un peu caché à Cradingue.

— Et moi, réplique Cradingue avec un sourire gêné, j'ai également mis de côté une certaine somme que voici...

— Je n'en ai pas besoin ! proteste Lili. Je voudrais juste rentrer chez moi.

— Naturellement ! Nous allons te raccompagner ! La Forêt Enchantée n'est pas un endroit sûr pour une fillette...

Comme dehors, il fait déjà un peu sombre, les brigands allument une torche. Cradoque porte Ploc dans ses bras tandis que Cradingue prend la main de la princesse.

Lili préférerait leur fausser compagnie, mais elle n'a aucune idée du chemin à emprunter pour rentrer chez elle.

Tous les quatre marchent un moment dans la forêt qui s'obscurcit.

Soudain, alors que le sommet du château apparaît au loin, Cradoque se tourne vers Cradingue, l'air mauvais :

— Dis donc, je croyais qu'on devait tout partager… Qu'est-ce que c'est que cette part du magot que tu t'étais mise de côté ?

— Et toi, alors ! rétorque Cradingue, hors de lui. Tu planquais bien un butin secret sous ton matelas !

Les brigands s'empoignent rageusement et roulent dans la poussière.

Saisissant la torche, Lili souffle à Ploc :

– La nuit est tombée ! L'enchantement de Valentine est déjà terminé… C'est le moment de filer.

Tandis que, dans une mêlée furieuse, Cradoque mord l'oreille de Cradingue qui tente de l'étrangler, Lili et Ploc prennent la fuite.

Ayant réussi à immobiliser Cradingue, Cradoque lève la tête :

– Où est la princesse ? Vite, il faut la rattraper !

Et les deux crapules se lancent à la poursuite de Lili.

Lili et Ploc courent à toutes jambes en direction du palais.

Derrière eux, ils entendent les lourds pas des brigands qui se rapprochent.

— Par la Mère-grand des brigands malfaisants ! Cette princesse s'est bien moquée de nous ! rugit Cradoque.

— Dire qu'on a failli lui donner notre trésor ! ajoute Cradingue. On a eu chaud… Si je l'attrape, je la massacre !

Enfin, Lili et Ploc arrivent à la barrière du palais. Ils la franchissent, quittant ainsi la Forêt Enchantée.

— Ouf ! souffle Lili. Hors de la Forêt Enchantée, on ne risque rien : aucune des créatures qui y vivent ne peut en sortir. Viens, Ploc, on va enterrer mon trésor au pied du chêne. Finalement, c'est plus sûr !

Dans le palais de Château-Dingue, cela fait une demi-heure que Boris cherche la princesse. Au début, il était persuadé qu'elle s'était cachée pour blaguer. Mais, bientôt, l'inquiétude le gagne :

– La prrrincesse est intrrrouvable !

Alarmés, la reine et le roi s'emparent chacun d'une lampe torche et se joignent à Boris pour faire le tour du jardin.

C'est alors qu'il leur semble entendre des voix dans la Forêt Enchantée :

– … princesse… peste… ratatine…!

– … qu'on se retrouve… l'écrabouille…!

Le roi et la reine se précipitent au fond du jardin et se penchent par-dessus la barrière de bois pour scruter l'impénétrable obscurité de la forêt. La reine se tord les mains :

– Pourquoi serait-elle allée dans la Forêt Enchantée ? Quelle folie !

À cet instant, Lili apparaît dans leur dos :
— Coucou !
Le roi et la reine sursautent :
— Mais où étais-tu passée, Lili ?
— J'enterrais mon trésor près de l'étang, répond la princesse.
— C'est très étrange, grommelle le roi, nous avons fouillé tout le jardin ! Rentrons, nous éclaircirons cette histoire de trésor au palais !

Lili glisse sa main dans celle de son père :
— C'est mon trésor secret ! Je jouais à le cacher pour que les brigands ne me le prennent pas.

La reine sourit avec ravissement :

– Des brigands ! Quelle imagination ! Quand j'avais ton âge, je m'inventais également des aventures extraordinaires. J'étais tellement prise dedans que je pensais que c'était la réalité.

– Moi, ajoute Lili, j'y croyais tellement qu'à un moment, j'ai failli avoir peur.

La reine et le roi rient :

– C'est plutôt nous qui avons eu peur.

Boris hoche la tête :

– Moi aussi, j'ai eu peurrr !

Lili serre Ploc contre son cœur et conclut :

– Finalement, tout le monde a eu peur… peut-être même les brigands !

Achevé d'imprimer en février 2008 par Oberthur Graphique
35000 RENNES – N° Impression : 8343
Imprimé en France